谷地

谷地

GUDI 崔俊堂 著

敦煌文艺出版社

图书在版编目(CIP)数据

谷地 / 崔俊堂著. —— 兰州：敦煌文艺出版社，2018.9（2021.8重印）
　ISBN 978-7-5468-1601-2

　Ⅰ.①谷… Ⅱ.①崔… Ⅲ.①诗集-中国-当代 Ⅳ.①I 227

中国版本图书馆CIP数据核字(2018)第194163号

谷地
崔俊堂　著

封面题字：刘洪彪
诗题书写：崔俊堂
责任编辑：赵　静
装帧设计：陆志宏　马孝邦

敦煌文艺出版社出版、发行
地址：（730030）兰州市城关区读者大道568号
邮箱：dunhuangwenyi1958@163.com
0931-8152172（编辑部）
0931-8773112　0931-8120135（发行部）

北京一鑫印务有限责任公司印刷
开本　880毫米×1230毫米　1/32　印张　3.5　字数　69千
2018年10月第1版　2021年8月第2次印刷
印数　3 001～5 000册

ISBN 978-7-5468-1601-2
定价：36.00元

如发现印装质量问题，影响阅读，请与印刷厂联系调换。
本书所有内容经作者同意授权，并予以使用。
未经同意，不得以任何形式复制转载。

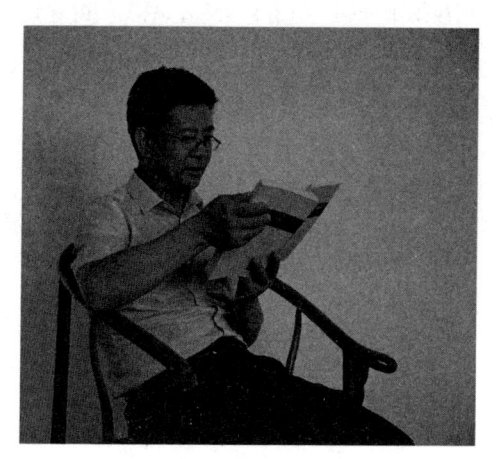

崔俊堂近影

崔俊堂，字元杰，20世纪60年代末出生于通渭县一个偏远山村，毕业于兰州大学文学院，中国作家协会会员。曾参加2003年诗刊社第十九届"青春诗会"，两次获得甘肃《飞天》十年文学奖、甘肃黄河文学奖。著有诗集《谷风》《谷地》、散文诗集《尘祭》、诗合集《十九》。合编《陇中青年诗选》。书法作品曾入展国家、省级数项展览。现在省编办工作。

崔 俊 堂 简 介

求索本身就是一道风景
（代序）

李云鹏

诗人崔俊堂新近有两部作品编成：一为诗集《谷地》，一为散文诗集《尘祭》。读毕，几乎是没有怎么思索就写下了我这则随意道来的读后感的题目：求索本身就是一道风景——取自俊堂诗中的一个诗句。

崔俊堂是陇上活跃的年轻诗人中勤奋的一员。

零零星星，我读俊堂，应是十多年前了。之后更有《谷风》诗集给我的较为集中的印象：谷风、厚土、家门……是他笔下的主色调。这位生在陇中苦水河畔"清贫湾"的农家子弟，自有一种深至刻骨的、恩怨兼有的乡土情结。多是对故土具象的描写，却能时见诗意的机巧：旱塬一眼水窖，"像是碗口大的慧眼"；深夜独对一件旧布衣，生出"我只能用壁钟成熟的言辞／囊括一件布衣的健康和珍重"……多的是渗透其中的一丝淡淡的忧伤，而朴真是贯穿其中的应当珍重的特色。

俊堂那个时段的诗，总体看来，富有年轻的活力，然细味之，又生笔力稍显游移的感觉，所缺似乎是一种个性化的稳定？

个性化——对俊堂而言显然是一个不可回避的命题。而对于能自"无数碎细的陶片堆里"，发现"一粒粟碳化"的锐目，进而切入先民"生命本身"的深沉（《花祭：大地湾》）；

能将《家门》定位为"家门如闪亮的北斗/高过我所经历的一切山水",这早年留下的笔痕,让我们对这位年轻诗人自有一种切实的期待。

读过这两集新作,我们可以清晰地看到一位不断求索者的步履。

乡土,始终是俊堂诗笔的缠绵。他在这方面的求索,渐次型塑着他诗的个性。他的乡恋,或曰乡愁,他认定:"苦难和幸福都是心血的胎记",而"一路爱戴本身就是所有厚望,我只能倾诉,我更靠谱族人了"。

对于每个作者来说,笔底熟惯的题材,诗艺的求新尤其是使命式的课题。我注意到的一个方面是,在大量乡土诗作中,俊堂似乎有意识在寻常乡事中别择偏题,有本事用近乎浅白的语言吐抒烙有他个人印记的另一种思索。在如《重温<弟子规>》《我眼中的乡贤》《借据》《洋名字见证的庭院》等一类短章中,诗笔切入了更深层次的乡事。乡贤?就连这名词,也似乎与我们久违了。在是非"胜过一把把刀子"的如今,方有村人"捶胸顿足"的呼唤,朴诚的乡民方记起曾顶着狂风雷暴清除事端、平息纷争,"如一棵百年劲松"的诚实的乡土不可或缺的一位已然老殁的智者——失去了才知道珍贵的乡贤。拂去久积的尘埃,一册破旧的《弟子规》,"像是一盏气息微弱的油灯／为医治好多人的心病开出了良方"。而这却是"祖父扛着危险"的珍藏呵!字里行间有诗人深长的喟叹。而面对《借据》,一则短短的平实的叙事,作为读者的我有良久的沉默,是回味。似乎不全是因一颗心的意外却中肯的忏悔……《求职书》,应该是别开生面的了。我们眼里依稀出现填写求职书那只颤抖的手,感觉出谋职者心境近似于惶怯的缭乱。而当一个出自农家的漂泊者终于求得"谋生的资格证","这一天,这一刻,世界仿佛被擦亮"!是求职心愿得了的欣喜吗?其实我们咀嚼出一丝淡淡的苦涩。

俊堂的诗,质朴的诗句中,蕴涵着绵密的深情:捐眼球给盲者,为的是让他们"看看竹胎中的风,秋月下的娘"(《当我不再活着》)。似这类耐得住抚摸的温情脉脉的诗句的不时闪现,给他的诗带出一种情趣相谐的生机。

我不说这些诗已经具有独辟蹊径的圆熟,它们显然还有雕琢的空间。在他熟悉的乡土题材中,顺着犁沟的运笔,偶或隐约可见。此外,某些诗的展露主题、吐抒情怀,如果多一些幽婉的曲笔,是否会给读者多一些回味?

我看重的是独辟蹊径的意向。就诗集《谷地》说诗,从基本层面，可以说俊堂在做着"又一次刷新自己"的努力；就散文诗集《尘祭》而言，我尤其看重灵透中那种近乎放纵的诗意的洒脱。

俊堂的散文诗绝对具有诗的质素，它们是诗，又具散文舒美的形态，你很难把他的散文诗和诗截然分开。从他的有关长城，有关青海湖的大组章同时出现在诗集和散文诗集，便会探知作者的意向：他是以诗笔写散文的。其实那就是一篇篇或长或短的清新犹如天然草木的散文诗章。

这离离草木的清新，可以是生身故土的产物，可以是家国河山的锦绣。撮土滴水，都成为诗人内心深处的备忘录。抓一把泥土就能生情的农家子弟的崔俊堂，几乎有陶醉其中的倾情，深化着他笔底的世界。

诗人那支笔在这个领地运来似乎更加自如、自信。走笔长城，走笔青海湖，走笔黄土腹地，走笔大地湾，以及澳洲的畅游……或者炫丽，或者素朴，带出了些异样的色彩，异样的情味。一把梨木琴，给我们弹奏出乡土"忧伤的光泽，生命的重量"；大地湾，哦，大地湾，诗人在斑斓的油菜花之外，因了伴随的"苦楚的时光"，竟然"拧出"八千年前先民"四季的泪水"！"凝聚着神州大地磅礴气概"的长城，在诗人笔下，时而是地球上的一条飘带，时而是鼓舞着的一条龙灯，可以是狮子，可以是汗血马，在野草点燃的光照中，长城甚至有跳上马背的奇幻。但终归，诗人骄傲抚摸着的，是不屈不挠一个民族的脊梁。浩瀚的青海湖呢？这"脚趾缝里深藏盐的故乡"，一片沧桑湖波间；名响岳飞豪吟中的贺兰山，月光映出两个氏族部落酋长"两只对视的眼睛里，忧伤比黑暗更黑"！俊堂以诗笔写就的散文，自有一种陌生的光泽。

写异域旅怀的长达22章的《澳洲随感录》，笔力之洒脱，在散文诗篇中是醒目的一章。面对这个被称作"未经污染的'挪亚方舟'"的澳大利亚，我们看到行旅者一双眼睛好奇的猎取。他扫视、抓取了一些细微却有标志性意义的细节，让你看到寻常旅客意识不到的异样的图录。你不能轻忽描摹议会大厦那一笔，面对像是"平放的半个地球"的议会大厦，诗人在默默寻思建筑设计师的初衷之外，已然有了"如果设计风格占十分的话，那七分属于优美，三分归于俊逸，还共同折射出了几分安详"的妙评。你尤其不能轻忽对我们来说太过琐细的一个学生游园时的一次逃票，竟导致录用工作时被视为品格问题而搁置的细节。诗人这张"逃票"抓得何等机智！他给我们提供了一方揽镜自照的镜子：把"身边小事擦拭得干干净净"。

洒脱兼有厚重。这可以说是一种近乎孤独的别样的"叙事"。

想对俊堂说：你想要的应该恰好就是这一味独辟蹊径的孤独，或曰出离寻常犁沟的陌生。

自这两部诗文集我们看到，就求索而言，诗人的步幅是清晰的，且已经呈现出一些靓丽的景色。

俊堂很清醒："每向前移一步是艰难的。"是的，诗给俊堂的求索预留着一段长路。这里重要的是不惑于炫目的"时髦"，不馁于探索中一时的阻滞，而必须的坚守。

忽然记起台湾早期诗人王白渊《诗人》一诗中的两个奇句：

> 诗人不为人知地活着
> 吃着自己的美死去

何等样的执着！对于诗美(自己的美)的何等样的敬重！那是真诗人对诗的一种死生相偎的痴诚。

这里当然包涵着个性化求索的要素——自己的美。

2018年7月2日李云鹏于兰州劳犁斋

（著名诗人、原《飞天》主编）

目录
GUDIMULU

01
题记（一）
003/ 河从峰头上流过
004/ 云中的双子星座
005/ 布谷鸟飞过天空
006/ 秀金山下
007/ 今天早上
008/ 漂泊中我不会失去方向
009/ 有关青海湖的水调歌头（组章）
029/ 风，在兜揽着
030/ 天鹅魂
031/ 墨竹河

02
题记（二）
035/ 沙尘暴：黑色的墓地
036/ 感念：农耕的方式
037/ 祈天
038/ 庙宇：一幅幅挂像
039/ 我躺在高高的山岗上（组诗）

郊外速写 /043
喊山 /044
杏花雨 /045
观音土 /046
黄昏：有关长城遗落的备忘录（组章）/047
请问蓝天的标记是什么 /059
虹云阁 /059
当我不再活着 /060

03
题记（三）
我的族人更靠谱了 /063
借据 /064
我眼中的乡贤 /065
求职书（组诗）/066
高高的山地，孤独的父亲 /072
一个小学生笔下的城市三原色 /073
飞雪包裹不住嘹亮的歌声 /074
亲人 /075

076/ 在草原上拾垃圾的老人
077/ 老了，我们老了
078/ 村支书忏悔录

04
题记（四）
081/ 重温《弟子规》
082/ 一盏灯
083/ 赶城
084/ 洋名字见证的庭院
085/ 月夜：一九六〇
086/ 请为深情当一个债主
087/ 雪事
088/ 三分田
089/ 小鸟
090/ 有那么多恋情珍藏在袖口里
091/ 一棵空心树
092/ 天地酒
093/ 后记

家生长在苦水河畔,至今也没有走出苦水河畔,自学到"黄河之水天上来……"远又远、大小之河便读永有了诗和远方,还在不停地告诉家,生命的律动是自息前的。

多多么希望河从峰顶上流过!

俊堂题记

河从峰头上流过

河从峰头上流过
留下雪域冰蓝的梦
染透草原绿色的衣
深山里的情歌,涛尖上的号子
祥云和芳草像是日月的耳环
赠送给一路好儿女

河从峰头上流过
招来了茫茫九派的诗人
高筑的歌台是否记下乡愁
一叶扁舟,几处星子
像是同一块晴雨表
挂在暮雨千家的胸前

河从峰头上流过
映射在暮已成雪的心头
世世代代的高堂明镜
托起诗情澎湃的身躯
一半泥沙,一半流水
掩饰不了浑浊如污的身世

原载《飞天》2018 年 7 月

云中的双子星座

倾听到流光返归的地方
只有在云中的双子星座上
伴随着我恍兮惚兮的梦
托回了久远的时光、留恋的身影

一缕轻烟，穿着我裤子的云
一丝微光，戴着我帽子的星
至此，我把最初想象的天堂
借茫茫宇宙之手招引到人间

喧哗的白昼从身前许下幸福
宁静的夜色从身后露出沉思
在这两面镜子里，生活
多么像是胸前的每一枚扣结

我的酒杯收揽了星光，又一回
倾听流星的传唱，分辨真假
恍兮！惚兮！重塑和营造的自己
一次次被时光的针头刺痛了

我不惧怕凛风浇透心肺
也不畏怯热浪打翻身子
一路求索本身就是一道风景
让爱和孤独回到了星座之上

原载《飞天》2018 年 7 月

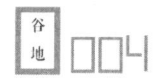

布谷鸟飞过天空

布谷鸟飞过天空
一条条山路通向天空
寻亲问路,找见祖坟的亲人,
摘下两朵凋零的山里红
仿佛接住春天迟到的手

布谷鸟飞过天空
一道道山峰架起了天空
驻守在山脚下的亲人
贴着飘过头顶的云彩
拨响了荷锄种田的算盘

布谷鸟飞过天空
一个个村庄守望着天空
让雨水和爱情一样幸福的亲人
顺着春天的风向,拔出
青草,祭奠秋天的山岗和高粱

原载《陇中文学》2017年1月

秀金山下

这是一条无名的苦水河
缠着秀金山,绕了大半圈
流来又流走的路像是回头一望
十年九旱是一道绕不开的湾

新栽的柳梢,拍响了秋风
老苍的杏树,扛过了寒露
闪光的铧是最后清点的农具
仿佛安下心来盼着好年头

有了堆满书籍的炕就有了净土
有了堆成小山的柴就有了口粮
打开这些大好人家的门
破冰的小河已在唱响秀金山

原载《飞天》2015年9月

今天早上

今天早上。我被秋风
抬到贫穷的山坡上
虽然秋叶飘落
我承认,我是掌管春天农具的人
曾在炎炎烈日下抱头大哭
哭播在山坡上
不能生儿育女的种子

在山坡上,我翻晒旧农具
像是翻晒往事如潮的诗稿
赶集的人。放牧的人
收割的人。盖棺的人
他们被一支支山歌清洗
心若蓝田
却被几缕炊烟绕着

今天早上。我被秋风
抬到圣洁的山坡上
太阳已高过了头顶
月亮还在天那边发亮
这一对好儿女
似乎见证着山坡上的好日子
属于劳动的手掌

原载《飞天》2014年2月

漂泊中不会失去方向

灵光映亮了众生的额门
逝水依然漫在脚下
这东方山脉
仿佛一涌而上的浪潮
浪打浪啊
每一座峰头朝向心头

只要脚跟立定
那一叶轻舟
在漂泊中不会失去方向

原载《飞天》2014年2月

有关青海湖的水调歌头

01

青海湖，当我穿过广袤的草原来到你的身旁，天不再蓝，更蓝的是你经营的这六千八百亩水田，像是一件被风月捻了千万年的蓝皮袄。

永远不会改变的色调，让一缕缕清风送走，被一波波水光接来。

迎来送往，我开始学着昂头的羊为你祝福，学着低头的牛为你祈佑。

夜幕扯开了过路的人，我又打着月亮的灯笼，守你悄悄地进入梦的水乡。

原载《诗刊》2014年3月上　《瀚海潮》2015年白露卷

谷地

有关青海湖的水调歌头

　　青海湖,我走了这么长的路,绕了大半圈,湖光泛出静寂的心思。
　　布满贝类的脚面洗了又洗,而沉淀盐的膝盖,怎么看都像一两两白花花的银子。
　　我终于明白,在你的脚趾缝里深藏盐的故乡,有了盐就不缺过好日子的银两。
　　好日子掺进了青稞酒,好多的人醉在梦里。

原载《绿风》2015年3月 《瀚海潮》2015年白露卷

有关青海湖的水调歌头

青海湖,酥油灯举过了头顶,依然在佛的脚下。

十几座雪山,十几条洁白的哈达,像是羊群依然如故的守候,托举出一轮日出。

由远而近的光影擦亮了湖边,映亮了湖心,那么多牛羊挂成天堂下的珍珠。

我仰望的目光布满嫉妒,白色的珍珠还是献给了雪山下的佛,黑色的幕墙带走你的守护神。

原载《绿风》2015年3月 《瀚海潮》2015年白露卷

有关青海湖的水调歌头

青海湖,我在寻找黑马河的源头,没有看见一匹黑马蹦出来。

在曲曲折折的河背上,有一棵棵小草,由青变黄的样子,像是一部发黄的经卷。

雪山诵了草原诵,草原诵了牛羊诵,牛羊诵了交给天幕上几颗亮晶晶的星星。

诵啊——诵啊——在风吼的影子里,我感受到了黑马的力量。

在雪山的长舌下,我体察到了青海湖的博大胸怀。

原载《绿风》2015年3月 《瀚海潮》2015年白露卷

有关青海湖的水调歌头

05

青海湖,谁的身世铺出了一条条通往天堂的路。

有一位年轻的大红袍僧人,手捻着念珠,一颗像是春天的青稞,一颗像是夏天的花朵,一颗像是冬天的雪粒。

我猜想,还有一颗属于秋天的收获。

在细得不能再细的回声里,交给了远方的神。

原载《绿风》2015年3月 《瀚海潮》2015年白露卷

有关青海湖的水调歌头

青海湖,日月山的额头上有两颗心痣,你知道吗?

这是当年被文成公主摔碎的日月宝镜上的眷恋,让松赞干布的情丝牵住,没有让大风吹走,大雪深埋。

轮回的大风,吹得日月亭摇摇摆摆。经年的大雪,压不住发芽的籽种。

一代又一代,吃草的羊群忙着吃草。一辈又一辈,我也想学会交流。

唵嘛呢吧咪吽,这是哪一部经卷深藏的六座雪山,被鹰的翅膀轻轻拍响。

原载《瀚海潮》2015年白露卷

有关青海湖的水调歌头

07

青海湖,如果地球有了幸福的眼圈,而哪一滴蓝蓝的眼泪把你的身世摆进去了?

不再高的山坡上挂满了五彩经幡,不再远的路上留下朝圣者的脚印。

我看到,一个朝圣者的内心像青海湖的水,堵住了风口上的冷,不让佛着凉。

一年一回,即使大寒来临了,那么多牵挂从佛身上走开,像是牛的手镯、羊的耳环,送给了卓玛去珍藏。

原载《瀚海潮》2015年白露卷

谷地 016

有关青海湖的水调歌头

青海湖，第几座雪山引着你的脉冲。第几座毡房护着你的心脏。

云如经幡、草在枯黄，白色的鸥鸟撩起你的一件深蓝大衣。

我从这件大衣兜里取出一块块石头，学着你的守护神垒高了，就是不会刻写属于你的文字。四顾茫然，在喝下这一碗碗青稞酒壮胆的时候，月亮像是不肯出嫁的女儿，回眸间点送了一道道秋波。

原载《瀚海潮》2015 年白露卷

有关青海湖的水调歌头

09

青海湖,鹰是哪位英雄的坐骑?

大风撕扯的湖面,已加快了我的心跳。露出一只胳膊的大红袍僧人,把大半个冬天分解给了夏天,开始借风的口哨,把一只鹰托举在雪山之上。

天和雪山之间,只剩下这只鹰了,我感受到了另一个世界的呼吸。

鹰啊!在天堂的屋檐下,气贯河山,翅如巨轮,推广英雄本色。

原载《瀚海潮》2015年白露卷

有关青海湖的水调歌头

10

青海湖,是水在云里,还是云在水里?

一大堆忙着翻腾的云横空出世,而内心的水域平静如初,收下了远处的一百座雪山。

水洗的卓玛,草原上的格桑花,花苞里是否藏着云彩的故事。

这一世,把每一支歌唱得像是一束花叶上的一滴水。

相思的人寻遍天涯,在青海湖踏出浪花。

原载《瀚海潮》2015 年白露卷

有关青海湖的水调歌头

11

青海湖，滚滚红尘掩下笑容，那许多的欢乐还是留给草原上的帐篷。

草原是我的家，青海湖是我约会的港湾。

不再约会的时候，摸一摸旋转的经轮，眼前面的路像是灵魂、般若、缘起、因果四块石坂垒积的经台，通向天堂。

一只鹰翘首远望，天堂仿佛降到了人间。

原载《瀚海潮》2015年白露卷

有关青海湖的水调歌头

⑫

  青海湖，在这块草地上，有一座帐篷的门大开着，不知道主人去了哪儿？不知道风打了多少个回旋。
  几条沟槽抛出了大把大把的泥土，让斑斑点点的草显得多么无助啊！
  一大群牛羊顺着风雨，寻找每棵草的命根子，打探每一滴水的眼窝子，顾不上回头一望。
  当我停下车回头再望的时候，挂在天边上的半个月亮投下我沉重的身影。

原载《诗刊》2014年3月上 《瀚海潮》2015年白露卷

有关青海湖的水调歌头

13

青海湖,云彩和阳光相撞后嘎嘎作响,这是一只飞翔的鹰搅动了雪山上的经幡。

有一位少年赤脚奔跑在草原上,追寻渐渐远去的鹰,为一位英雄献上属于自己的歌。

是啊,来到了青海湖,看不见鹰的时候,湖边上的每一块石头都好像鹰扇动的翅膀。

喝下酿了又酿的酥油茶,一群游客高垒的石头似乎也要飞翔。

原载《诗刊》2014年3月上 《瀚海潮》2015年白露卷

有关青海湖的水调歌头

14

　　青海湖，敢当英雄的少年，站在山包顶上，抛出自己的尿水时高喊着："我又救活了一片发黄的小草。"
　　这天真的声音仿佛是一只孤独的小绵羊发出的，让肉体接近了精神，让生命附依了灵魂。
　　一大群羊赶来了，整个天空塌陷在了草原上。
　　我只能用三三五五的雨点交接往后的日子。

原载《瀚海潮》2015年白露卷

有关青海湖的水调歌头

15

青海湖,一头牦牛的嘴角抵着草地不肯离开,一只绵羊穿着花衣衫走向了祭坛。

一次大迁徙中的最后两只牛羊,像是不怕那即将到来的暴风雪,也不想赶在十月的路上。

面对一次灵魂的拷问,这两只牛羊啃定了草原深处的苍白骨头。

牛啊,羊啊,一片草地接着一片草地,唯有保温的身子和抵寒的舌苔,才能争取更多的幸福。

原载《瀚海潮》2015年白露卷

有关青海湖的水调歌头

16

　　青海湖，有一条铁路从身边穿越，在通往西藏的地方叫天路。有几条公路抵达湖边，哪一条都被称作国道，可当年的文成公主面对这片草原，揪心一哭。

　　天路赶过了白色包裹的黎明，国道赶走了寒冷相随的黑夜。

　　哦，历史的镜面上，不管是白天黑夜，风抬高了草原上的牛羊。

　　历史的后背更像是一座座雪山，我们在不停地翻越和赶路。

原载《诗刊》2015年3月上 《瀚海潮》2015年白露卷

有关青海湖的水调歌头

17

青海湖,阿尼玛卿山像是巨大的背景,屹立在天地之间。

不管谁在这儿,看的时间久了,阿尼玛卿山又像是一个巨人,在聆听着风雨与日月合作的无数部诵经,执着和专注的神情,把比纯净更加纯净的经声,带向心灵的疆土。

是啊,心灵的牧场大了,天下的牛羊多了。这一寸寸土地,在呼唤世界的洁净时,放飞了属于自己的风马。

原载《瀚海潮》2015年白露卷

有关青海湖的水调歌头

18

青海湖，雪山高出翻滚的云，草原同卓玛交谈自己的孤独。

阿尼玛卿山下，石头围筑的院墙，让岁月打开了几个缺口，唯一的一间土房门上，让不知名儿的花草挤出挤进。

这小小的村落已有最简单最原始的思想，没有必要过问风雨下的羊群，但我要借一滴雨珠写下传唱：

栖落在幸福的天堂，珍藏草原上的忧伤，怎么也得想青海湖这块好地方。

原载《瀚海潮》2015年白露卷

有关青海湖的水调歌头

⑲

　　青海湖,有一条瘦瘦的倒淌河流进你的怀抱,犹如一条明亮的缎带,却挂在了牛羊的脖子上。
　　湖边上睡着的王母娘娘,心明如镜,摘下星辰照亮了这么多牛羊。
　　高龄的藏族阿妈献上酸奶的时候,捧出了吉祥如意的笑。
　　羊皮制成了水袋,丝绸铺在路上,藏族阿妈牵出了一匹黑马,叫我们再看一遍草原。

原载《瀚海潮》2015年白露卷

有关青海湖的水调歌头

20

青海湖,阿尼玛卿是我的祖父,每天背着石头去修补一座藏经台,剩下的力气还要磕个长头。盘腿坐下,一把藏刀不再寻找冤路人,而是给儿女们讲狼毒花的故事,然后把第一块肉扔给冥想中的鹰。

借着月光细数一地羊群,体内的风开始高唱:大风骤起兮,云彩飞扬。大风聚合兮,热血沸腾。

原载《瀚海潮》2015年白露卷

风在兜揽着

这是一座小城。城墙上
落日依然匆忙的脚步
来去或沉浮的人
是一根根发热的钨丝
一次次洞穿了深夜
风,在兜揽着

这是一条黄河。河面上
泛出的几许宁静,像藏在
我骨子里的血,汹涌着
撑起生活的腰肋时
把冰冷掷回生命的最深处
风,在兜揽着

这是一只羊皮筏子。河风啊
携带的那么多黄土,填不平
划筏老人的额纹
而一杆劲橹,顺着黄河
划起心中的朵朵浪花
风,在兜揽着

原载《自选集》2016年

天鹅魂

湛蓝的海,抹去了白色的天鹅
呼啸的海风,推出了红色的波浪

层层浪尖托举着舞动的小天鹅
像是从海底款款走来的海子

披着红装,饮着浪花
亮出的双翅,如两柄长剑

在我担忧失去平安的时候
一轮红日已被它击倒在地平线上

原载《自选集》2016 年

墨竹河

踩着细步弄竹的女子啊
当年的郑板桥,借着
一枝一叶,留下了民间疾苦
现在,飞扬墨韵的河心
卓然超群的新竹已是欢快的声卡
泛出最后的美。这疗效
是否治愈了他的伤口!

原载《自选集》2016年

越过远河，还有那山，一辈子走不出头。一缕缕炊烟替代着季风的方向，一抔土至永远是温暖的骨头。

行走在黄土腹地，每一座山上不再孤独的星子和月亮，记着回肠的歌。

月光啊！该洒落在故土的床上。

俊雪题记

沙尘暴：黑色的墓地

盖住城市和田野的一块大麻布
忘记了月光下的织梭机
欺骗了太阳红彤彤的眼神

这白昼之魔，拒绝了
所有的口粮，扼住了创生的胚芽
一路上摔着黄黑色的绣袍

人们啊，头顶成黑色的墓地
异常沉重。只好把泥沙紧紧握着
只好把天空拉得更加贴近自己

原载《陇中文学》2017年1月

感觉：农耕的方式

走进新世纪的大门
一些不朽的农具像是春天的嘴唇
闭口不提围猎、陶罐和一驾驾马车
还有一些美丽微笑的人，抱着大锄
在黄土地上住下来编唱情歌
把牛头架在一道又一道山梁的背上

春天照旧一度又一度走了
延续下来的村落，研读文字
记下开播的时间和收获的心情
让一缕炊烟代表了季风的方向
让种下的土豆成为温暖的骨头

原载《陇中文学》2017年1月

037 谷地

祈天

月亮早已退到山那边去了
成群结队，开始祈天的人
四处远望，仿佛眼窝子藏着天
抬头高呼，仿佛头顶上别着天
浑身发力，仿佛腰板间拴着天
悲喜交加，仿佛脸色里写着天
啊！远在天边的子民
大地鼓起来了，空空荡荡的风声
是否降下触动灵魂的吉祥？

原载《自选集》2017 年

庙宇:一幅幅挂像

在山水相依的腹地
深藏着一座庙宇
后墙上的十几幅画像
包括了古今中外的名家流派
又像是大地收放的十几只吉祥鸟
每当点燃香火的时候
这些善男信女茫然的眼神
目送着小鸟儿飞出窗口
可谁都说不清,哪一只
是引领自己走出大山的鸟

原载《陇中文学》2017年1月

我躺在高高的山岗上

01

我躺在高高的山岗上
我的身子贴着山岗,抵不过
这一片蓝天、这一片青草
绿绿的草,属于一滴透亮的水珠
蓝蓝的天,属于一路游走的云朵
我只能对着山岗喊一喊故乡
手捧祥云的人啊!
请牵好奔驰在山岗上的马儿

原载《飞天》2018 年 7 月

我躺在高高的山岗上

02

我躺在高高的山岗上
我的长路留在了山岗,留不住
数不清的牛和几声轰响的雷
一头头不肯抬头的牛
一步又一步啃着深厚的草坡
已赶走六月雷雨,像是赴约
十月雪花。似乎结上霜的日子里
用不安的心思托着清静的底盘

原载《飞天》2018 年 7 月

我躺在高高的山岗上

03

我躺在高高的山岗上
我的深夜包住山岗,包不了
一少年鸟啼般的歌唱:
晨星呀!亮出头的一抹霞光
晚月啊!依旧是我秘密的心房
此刻,我也找到了点破寂静的手法
对着即将落下山岗的晚月
让一群四散的羊听起悠扬的琴声

原载《飞天》2018年7月

我躺在高高的山岗上

④

我躺在高高的山岗上
我的山花开败在山岗。只有
一朵山丹花,跨过了思念的门槛
把踏实的话说给了归家的月亮
又带给深巷里的一把油纸伞
伞下的雨星儿,典当给
山里的好儿女,仿佛把一路情歌
叠放在古老而流失的心房

原载《飞天》2018 年 7 月

郊外素写

老屋拆除了，院墙倒塌了
剃头的几十棵大柳树还没有发芽
李家大爷住着高楼，望着远山
多少次想象远走高飞的小燕子
带回一滴晨露，打湿孩子们的新衣

辘轳扔了，牛羊赶走了
圈定的几十亩田园已不能种庄稼
张家大奶守护着仅有的一棵老榆树
逢人便讲外出打工的儿孙
如飘动的云，守不住落满榆叶的家

楼盘开了，广告牌又换了
一排排夜灯扯开了巨大的幕布
满路招摇的猫狗，轰走了
留恋槐花和巢屋的几只夜莺
这一场空荡，胜过了九曲回肠的歌谣

原载《陇中文学》2017年1月

喊山

春暖花开的日子
我面朝黄土的族人
择定吉日,赶到山坡上
点燃一堆堆柴草
望着山顶喊吉星高照
对着山崖喊半路坎坷
顺着山脚喊六畜兴旺
摸着山腰喊风调雨顺

柴草燃尽了,气力用完了
最后捂着心窝子
喊一喊从来不说的心酸
顺势躺在山坡上
感受到的依然是这好山沟

原载《飞天》2015年9月

杏花雨

春天新增了多少户家
春风挤进了多少回门
说清这个故事的,除了
一场春雨打湿的眼圈
还有经年的一棵棵老杏树

粉嘟嘟的花苞里,深藏着
哪门心事。搭上春雨的快车
一层又一层解开了
像是报春的好消息,带来了
一个个胭脂女的笑脸

暖风轻吻着细雨
杏花包不住乡愁
从前的多少恩怨,烟消云散
对此,杏花村的留守中
又一场杏花雨,浇注心头

原载《飞天》2015年9月

观音土

在饥饿线上,油灯更暗了
在母亲眼里,我们这些女儿
如新生的种子。即使
长在月光不能到达的地方
也像是从月亮身上发现了闪亮的金子

母亲啊,那时从不把自己
当作贫血的土地——
散发菩提树的清香
摘掉了一些恶之花

原载《自选集》2017 年

黄昏,有关长城道落的备忘录

01

西天的晚霞拂动着绚丽的纱巾,我在长城身上,细数着一节一节逝去的时光。

独对苍茫,岁月还在改变着长城的身板,我还是长城的祭奠者,用沙漠之上的落日,祭奠长城长长的心肠。遗落的长城像是不肯抛弃的几朵大蘑菇,头贴着落日的耳朵,用脚跟放飞了几只苍鹰。

死而复生,趾根上的复活草接住嘶吼的风头,以及风头上的一丝血红。

生而光复,沙漠深处的大蘑菇蔓延着一道道光环,这分明在高举着一面不改初心的旗帜,柔长而缠绵,护送着高远的天地。

落日之下,风沙前头,仅有一个祭奠者……是我,或者我的来生。我手攥着风沙,用这种方式在留守长城,看见每一个时代的潮流绕着几朵大蘑菇奔涌。

过多的血和一路寒光像是黄昏无言的诗,已改写不了长城的传奇。遗落的长城,身子里还有一股强大的脉冲,拖着结上霜的茅屋,赶在天那边。遗落的长城不那么长了,每一层台阶是潜在我深水里的脚,每一处垒石是藏在我火热中的手,在顺应着一个个子民,似乎已挺过了一个个不可攻克的难关。

请允许时光倒流吧,我要记住长城最初的一次次交谈。

原载《星星》2018年4月下 《甘肃文史》2017年5月

黄昏，有关长城遗落的备忘录

02

仅剩下半山腰亮光，贴着长城风剥雨蚀的面庞。在这尘世间，受伤的事太多，谁在灵魂深处唱着一个人心安的歌，我找到了长城的另一个归宿。

遗落的长城分成两截，像是两头狮子，头抬了又抬，身子抖了又抖，不可改变的目视拉向远方。赤黄的沙漠在狮子前面，酷似托着几千年大水的影子，逼走了一场风暴。残留的村落在长城脚下，擦亮了蜡黄的肤色，把仅有的三棵大树抱得更紧。

两头狮子——两座高高大大的王室。

三棵大树——三尊厚厚实实的鼎盛。

我开始为这两头雄狮担忧了，在艳阳和大风的鞭子下，它们的威力还能持续多久？如果生命是一个有故事的人，一定在期盼一场守望，就像遗落的两截长城守望辽阔的沙漠一样，就像呼啸的狮子镇守着广阔的边疆一样，我要用筑城者的手掌把劳动的身影推得更远，把不可改变的血缘拉得更近。

在热爱的注目里，留住这一次守望，劳作的汗水发变成甘甜的乳汁。

在宽厚的胸膛上，挖掘这一次守望，遗落的长城幻化成美好的广厦。

原载《绿风》2018 年 10 月 《甘肃文史》2017 年 5 月

黄昏：有关长城遗落的备忘录

03

在黄昏的余晖里，落日回了一个头，逐走时光的黑暗，这是在顾盼谁的脸庞？我的祈祷落实在这遗落的长城身上了，寻觅安安静静，寻求一次次回首，再没有别的愿望。

"大漠孤烟直"，其实大漠更广阔了，那一柱狼烟曾经是长城的魂灵，走远了，还要抚摸一回长城。

"长河落日圆"，其实长河已干涸了，那半天晚霞还是长城的眉目，消失了，还要留恋一回长城。

悲壮的边塞诗里，遗落的长城尽管把自己藏得更深了，却始终唱着雄浑的高歌：单枪走马，刀光剑影托不起沉重的行囊。净身出塞，琴心剑胆承载着一路风云。

遗落的长城仿佛鼓舞着一串龙灯，扯住了落日的衣袂，黄的铺金，青的泼墨，白的透风，红的闪亮，蓝的流水。神出五彩，长城打下时光的灯蕊，牵引着大风的呼啸，点亮一支劲旅，缓缓行进。

在这里，长城是否定格成地球的一条飘带，我又一次看到了我的故国的前生。

原载《星星》2018年4月下 《甘肃文史》2017年5月

黄昏,有关长城遗落的备忘录

04

一弯新月探出半个头,几颗星子泛出一丝光晕,我举着长城的火种还在赶路,从一地的春天赶向另一地的春天。

黄河带来的黄金从天而降,降下一条奔腾的黄龙。长江提成的白银沿路洒下,绘出一条奔腾的白龙。

二龙戏珠,或者二龙戏水的故国情结里,遗落的长城,卡断了的身子是一把赤裸的筋骨,扯向远川了,而断断续续的影子仿佛日暮人间的长卷,布满了沧桑。

一把一把的衰草折倒后连不住长城之上的天了。天,把守着长城,把每一棵草木当作世纪老人的胡须,刷青了又刷白,刷白了又刷绿。跑不掉的秋风给长城披上黄莹莹的龙袍。

一片一片的灰砖凉透后容不下长城之上的风了。风,抚摸着长城,把横逼过来的飞沙留在眼皮子底下,擦出泪眼。一只云雨的泪眼里,爱哭的孟姜女找不见了。一只晴艳的泪眼里,劳动的手掌高出了大半截长城。

流出来的暮色把我包围了,我还在摸着长城寻找出路时,长城抬了一次龙头,一线线灵光依然照耀着一座座山头。

插过来的大风把我吹偏了,我还是靠着长城等待日落。长城甩了一下尾巴,亦步亦趋的走势赶过了一条条河道。

原载《星星》2018 年 4 月下 《甘肃文史》2017 年 5 月

黄昏,有关长城道藏的备忘录

05

暮色渐浓,山川那头的灯一盏一盏亮起来了。我还是要把黎明看作长城的开始,把黄昏看作长城的终结。这一天,真不是一个多么遥远的梦。一曲"流水"里,长城仿佛驼着瘦背,在等候一座亭台。

一曲"高山"里,长城仿佛俯下身子,在倾听着一席佳话。

神往长城的人,把酒临风,想象着故国的强大和壮举。

游览长城的人,随心作记,感叹着故国的前世和来生。

在我的身后,两个摄影师,一步一叩,让拉长的镜头收留烽火墩上的暮色、苍松里的鸟鸣。也许,他们和长城的谋面,属于千古奇缘,那欣喜的模样像是云舒卷的飘带,拖着长城的影子,飘呀——飘。

在我的身前,三个少年赶在长城弯腰的地方,突然,风起云涌,长城的每块骨骼被挤压得叭叭彻响,他们赶到高高的烽火墩上,伸开双臂,迎风高喊:"不到长城非好汉,到了长城想硬汉。"

我在祝福!我在祈求!如果摄影师在这特写的镜头下,再添加上三个少年神往长城的呐喊,那破碎的长城尽管举着哀痛的手臂,依旧是倾倒英雄的献歌,或者故国前世的长河。

原载《绿风》2018 年 10 月 《甘肃文史》2017 年 5 月

黄昏，有关长城遗落的备忘录

06

绚烂的黄昏，请把流星留下，在得到与失去中，我慢慢爱上了长城，一如感情疼过了，才懂得珍惜。

春风赠予大地的每一只草鞋，我穿在了长城的脚上。

夜天赠予星星的每一朵金花，我盖在了长城的头顶。

天地无私，这种赠予是否叫感天动地。遗落的长城还在低着头、喘着气，扭扭歪歪，赶在巍巍雪山前面停步了。

曾经的半堵墙就是一座完整的城，无论长城过去多么完美，现在已伤痕累累。那一块块分不出年代的砖已瘦得脱屑了，迫不得已的长城露出了骨节。每一节上的缺口，方方正正，让过路的风在新的空间站上唱响了长城。赶在风口上的长城，似乎切在浪头上，躲不过改朝换代的深重苦难。

手摸着遗落的长城，回望着黄昏里的山河。在砖与砖之间的透亮里，那些不屈不挠的主心骨，铭记着仁人志士的命运。在山与山之间的气概里，那些可歌可泣的魂灵，抒写着波澜不惊的宏阔。是的，哪怕是山雨欲来，高远的长城不在乎风云骤起，一道门开向西方，让西方的来客领略东方文明的深厚。一道门开向东方，让东方的志士探究西方革新的步履。

　　开放的两道门前，沿着长城没走几站路，多少人已沉不住寂寞。我也隐约看出，长城不可逆转的走手像是一路粉嘟嘟的百合花，抵消了一路血色和寒光。

原载《星星》下 2018 年 4 月下 《甘肃文史》2017 年 5 月

黄昏，有关长城道落的备忘录

07

　　黄昏掩门后，还是一首无声的歌，唱给长城这个迟暮的老人时，耐住了寂寞，闪耀着岁月逝去的光辉。

　　在黄土高坡的眼圈里，遗落的长城容不进沙子，一层又一层的细土注入了苍苔，那绿灵灵的活力，不会把消亡当作一个必然会降临的节日。在黄土深壑的脚跟上，遗落的长城留不住细土，一层又一层的石块，抱着雪地一般无人知晓的愿望，呈现给整个山川的是一个鲜活的人生方程。

　　刮过了西北风，还看不见东南风的影子，通往长城的路上，忽明忽灭的静谧被说不出名的花草占有了，有了过往的来客时，长城还在发放一张古老的证券，陷入亘古的思索：山河再破碎，国永远属于卫国者。生灵再涂炭，民永远归于亲民者。

　　沉重的暮色里，我也不再感叹那山花辞的烂漫，也不再伤怀那长恨歌的泪巾，只觉得长城用完整的身子堵住了一道风口，而碎落的身子承受不住又一道风的鞭打。

　　一个民族的脊梁担负的太多、太重啊！曾经受伤过，最终崛起了！现在，有一只铁丝的手叫护理，有一只木栏的手叫揪心，这是两只当家的手，紧紧扣住了长城由来弥久的初衷。

原载《绿风》2018 年 10 月 《甘肃文史》2017 年 5 月

黄昏,有关长城道蔬的备忘录

08

千山迭出,万壑同步,长城老远地伸出手,去抚摸一弯金色的月亮。

我借着月光,赶在长城的趾尖上,一群大鸟远走高飞了,开始抚摸着一大片沙树林,不再想风花雪月,也不惧怕山雨侵袭,只用万念情怀祭奠着长城。

留下一半身段的长城,横过了晚秋的风,驻守在草原上。一顶顶帐篷,一个个家,家门前的长城上奔跑着一匹泥塑的汗血马。

孤身一人,我没有单骑的马。我还想再做一回长城的伴侣,只能在草原的晚照里,点燃一堆野草。火光中,晃荡的长城跳在了马背上,光明和圣洁揭开了我一片又一片的雄心。

远处的大山一起一伏,近处的草地一起一伏,长城横在中间跟着起起伏伏。在渐渐退去的火头上,黑暗又扑来了,长城亦如一匹汗血马,抛出一尾灵光时,更加切紧了草原。

在长城放缓的时速里,我的抒情还没有退潮:草原的心坎上,一块一块的石头拖着霞光,磕磕碰碰,忽高忽低,把长城拉扯到山那边安家。

长城转了个向,逆着风北进了,而一尊石碑告诉我,有长城遗迹的地方,腾飞的龙马时常显现。

原载《星星》2018 年 4 月下 《甘肃文史》2017 年 5 月

黄昏,有关长城遗落的备忘录

09

相约在黄昏,我用一部照相机的光华摄取长城遗落的背影时,那些小小的村落在多少年前已没有一个人驻守了,而长城在这里安下一个家。

弯弯的小河岸上有一堵弯弯的城墙,弯弯的小山背面还有一堵弯弯的城墙。高起的墙带上,含笑的桃花映照着祭台。低落的墙根下,得意的春风挽留着桃花。

在这一刻,月亮宛若一朵春寒伤败的桃花,在长城头顶飘着——我突然发现,长城的眸子闪了几下光芒,烽烟不在了,长矛生锈了,刀剑失色了,只有凝心聚气的光环,把弯弯的长城描摹成一首古老的歌谣,弯来弯去,弯在我的胸膛上。

只要赶超和拜读过长城的人,没有不惊叹的,长城的奇迹属于全世界的神奇。面对长城遗落的废墟,我永远相信,苍天在那边设局,大地在这边破局,中间地带,坚不可摧,请听吧——哪一代长城的身子不系在同一山河上呢?哪一代长城的驻守者不是兄弟姐妹呢?

这是长城的千年面目吗?在一次次回放中,躲过了风口上的一丝衰老,却躲不过风背上的一身苍茫。我顺着风口,喊出了长城遗落在我心间的急就章:完整的长城依然凝聚着神州大地的磅礴气概,碎落的长城依然共筑着华夏儿女的一场梦回。

原载《绿风》2018年10月 《甘肃文史》2017年5月

黄昏,有关长城道蔷的备忘录

❿

托起一片月光,一个结,一个故事的备忘录。

守住一路忧伤,一块疤,一块心病的自留地。

在长城瘦出声的骨架上,一个缺口已是一个路口。过路的风横着逼来、竖着逼去,几株冰草在风中发抖。

一个牧羊人像是守护长城的主人,把一群山羊赶在草坡上,把自己赶在长城上嘶吼了——长城长又长,尘土在飞扬,走一步、跨一步,赶不出九曲回肠的心口。

月亮收留了蓝天下的雁鸣,而收留不住的长城抬起身子,已赶过几个山头。牧羊人啊,是你随心卷起长城的风歌,还是我专心结下长城的情缘,让跌宕起伏的长城留下一路思念和牵挂。

我已忘记那首《长城谣》了,那多少个隘口上的悲欢离合被城上城下的争战带走了,如今遗落在荒莽山巅的躯体,为了这千年面目,我又一回向长城叩拜了,用长城之上那一朵云的安详、用长城脚下那一棵草的坚强、用长城身上那一缕风的慈悲,这是适意的三把琴,这是抒怀的三杯酒,在化解着几许恩怨,流进不眠的梦中。

高高大大的长城,高高大大的神!我不再为困难所折腰了,我要在神的引领下,赶过回转的山头,赶向恩重如山的人。

原载《绿风》2018 年 10 月 《甘肃文史》2017 年 5 月

请问蓝天的标记是什么

我是一株不起眼的植物
像头发一样密集疯长
附上碎花的笑。是谁
把我移栽在楼盘的夹缝里
贫血的脉管染不上色
请问蓝天的标记是什么

我身边的车子像是无数烟囱
粘住我细长的面庞
花花绿绿的人高过朵朵野菊
被风沙追问。只有我
在追赶着一场东南风
请问蓝天的标记是什么

黄河穿过这座城市
抛下的黄色泥土托起一只只小船
沿岸的风光里灌满阳光和风沙
同胞啊,春天的门户
留不住雨露,我不能生育
请问蓝天的标记是什么

原载《飞天》2018年7月

孔雲閣

这是沉默的游子，用深远对待深远
开阔的视野下，察觉不到
新鲜的风是从哪个方向吹来的

一半身子泛着五彩的云光
另一半身子插入云霄，如牵手的岁月
把人生苦旅，定格在高展的檐翅上

我不能把美好的想象全归于放飞的目光
以寻梦的方式投靠，守住
山川的大门，还得守住不起眼的草木

阁若仙子，我要带着你的仙气
回到老家门前，种瓜点豆
让小河流水成为一道亮丽的彩虹

原载《自选集》2017年

当我不再活着

我活着,如一片黄叶
在风中飘摇了多少年
一旦归根,将要化作泥土
这葬法算是苍天有眼

那一寸寸记忆中的尸骨
还在表明面朝黄土的日子
这是一种新的甲骨文字
如读懂了,身前的错事还需忏悔

至于身上最好的两个眼球
那是留世的两个灯笼
请造化给盲者,让他们
看看竹胎中的风,秋月下的娘

当我不再活着。那一丁点好名声
无需大擂,也不必编书发行
如眺望星子下的羊城
一些光亮的事也会被黑暗吞没

原载《飞天》2015年2月

打开陈氏的大门，或跨过一道河湾，看着叶脉舒展，想着四季更迭，这之间，难以忘记的还是家的族人，像是这墙前的草，四顾茫然，也该人格彰显着尊严，难怪心水这么顺着延伸。

家的族人更靠谱了！

俊堂题记

我的族人更靠谱了

苦水河，我的族人更靠谱了
深深浅浅的溪水汇聚出同一种调门
鸟落场圃，春风迟到
苏醒的黄土地，抵住干透的墒情
穿过东北风的夹背，迎来了
脚前膝下的一场及时雨

苦水河，我的族人更靠谱了
大大小小的山沟散落成同一个音阶
日落西山，明月入怀
沉住寂寞的夜晚，忽高忽低的风
跑不出头，却打开了除夕的大门
几树烛灯点亮了五谷丰收的兆头

苦水河，我的族人更靠谱了
星星点点的村庄擦亮了同一张图谱
叩首祭祖，家谱续写
插图新修的家园。先苦后甜的交谈
艰难的日子如同干旱中的小河
再低头，也要跨过一道道河湾

原载《飞天》2015年9月

借据

那是15年前一个漆黑的夜晚
那是尾随着母亲借钱后回家的路上
两个男人像两座山，挡住去向
"我们要钱，回家过年……"

母亲拿出手绢里的二百元
"孩子，拿走吧！这是劳苦钱
请度过苦难的日子。我先写下
借据，上面有名字和地址……"
母亲一如往常。为这最愚蠢的借据
我心如死灰，无法释怀

两年后的一天，母亲拿到一张
汇款单，附栏的字重如泰山
"谢谢您！没有让我走错路！
这一千元是一颗忏悔的心，倍加偿还！"

原载《诗刊》2015年9月上

众眼中的乡贤

青山缠成蓝天的裙带
绿水跳进青山的袖口
美好的山乡,有一位老人
如一棵百年劲松
顶着狂风,清除了事端
对着轰雷,平息了纷争

如今的事非,胜过一把把刀子
捶胸顿足的乡里人
不再叫喊一树劲松的多余
曾多次缅怀逝去的老人——
山风啊!田埂上盛开着百合花
细雨啊!树梢间传唱着百灵鸟

原载《诗刊》2015年9月上

谷地 066

求职书

01

填写好这张求职书,我的双脚
踏进了幸福的海绵,而双手
似乎举着泰山。十几年的路
像这一笔一画,跃然纸上
胜似锦标,注入了新生和力量

原载《飞天》2015年2月

永死书

02

这是我真实的姓名、出生地、年龄
这是我简洁干净的阅历
但删繁就简的背后，浮现出窘迫的真相
又一次刷新了自己，一个漂泊者
从此不再四顾茫然

原载《飞天》2015年2月

谷地 069

求死书

③

这空档的十年是不能隐匿的
混乱、失落、阴郁……这些使我
沉进了生活的狱底。值得炫耀
它让饥饿在酒精里散发着红光
它让人性在屈辱中彰显着尊严

原载《飞天》2015年2月

069 谷地

求死书

04

在婚否一栏,我第一次填写了已婚
没有人相信,一个三十五岁的女人
一个已有五岁孩子的母亲,被沦为
异乡人后,不能听听孩子叫声妈妈
时常在深夜感知着妈妈啊——祖国

原载《飞天》2015 年 2 月

谷地 070

求死书

05

这一天。这一刻。世界仿佛被擦亮
一个漂泊者的灵魂,开始在
清点打包时,收藏了浪迹天涯的图景
收藏了丈夫饥渴的身影
收藏了谋生的不同资格证……

原载《飞天》2015年2月

求职书

呵！信息时代的大排档是身兼数职
我是一个劳而无获的学子
如这次求职获准了，我会用
生活中的遭遇，修正种种过失
慎待的一份薪水，发亮如金

原载《飞天》2015年2月

高高的山地私稿的父親

爬在高高山地上点种的父亲
那驼背啊！又亮出来了
像是一条弯来弯去的山路
锁在天边

爬在高高山地上收割的父亲
那发白啊！零乱地飘散
像是一朵经年不败的向日葵
摇摆着花香

爬在高高山地上守望的父亲
那眼神啊！依然饱蘸着思念
像是一坡徐徐吹送的清风
布满了远山

原载《飞天》2018年7月

一个小学生笔下的城市三原色

用不着染色，白色素纸
是洁白的云彩。蘸一笔蓝墨水
轻轻一刷，白云映衬出的蓝天
像是海洋上飞翔着几只海鸥

美丽如初。勾勒出错落的方格子
无数幢高楼直上云端
只是浓烟滚滚的几只烟囱
想用一点黑墨，无处落笔

如果点缀楼顶，完全脱离实情
如果靠近蓝天，会惊走悠然的海鸥
如果涂在云间，似乎为一块白玉添加了瑕疵
如果省下不画，只能成善意的谎言

原载《飞天》2015年2月

飞雪包裹不住嘹亮的歌声

满天飞雪包裹着一个个山头
狂风嘶叫着,又揭起一床床棉被
仅一面五星红旗,在风雪中
亮出鲜红。仅一曲歌声
打破了静寂的山川
在这山川的夹背上
在飘扬的五星红旗下
有一座村学和十几个学生
在老师的引领下,高唱
东方红——太阳升——
让这座家园插上飞翔的翅膀
让神往歌唱雪花般美丽

原载《诗刊》2015年9月上

亲人

在村东头住着我的亲人
在村西头埋着我的亲人
他们用过同一匹布的粗衣衫
被大风吹得皱皱巴巴
被白日头晒得黄里浸黑

出门喊声娘的,骨子里的亲人
崖畔上对歌的,花苞里的亲人
黄土里深埋的,上几辈子的亲人
亲人啊,几截黑木炭
承受着太阳的鞭子和血

远在山乡的亲人
雪中送炭的亲人
今夜,我回到村子里
星星点灯,船样的伤疤
叫我远航时看到生活的烙印

原载《飞天》2014 年 2 月

在草原上捡垃圾的老人

穿着羊皮袄的藏族老人
让余生像片洁白的云
漂泊在草原上,把马头琴的歌
托付在雪山之上

马头琴依然唱着格桑花
红火的日子,胜过了红盖头
绿油油的日子,留下了绿枝头
是谁扔下垃圾碰飞了花花绿绿

格桑花还要盛开!这位老人站在
风雪的关口。捡到的垃圾被大雪覆盖
像是另一座雪山。而自己
在默契,这是埋葬我的好地方

原载《飞天》2014年2月

077 老了我们老了

老了，我们老了
额头上的皱纹，深得
像东山前的碱沟，西山后的干渠
再强硬的风雨，也填不平了

老了，我们老了
在谋面的谈话里，从前的怨恨
像几颗蜜桃。攀论起儿女
比眼前的桃花还要灿烂

老了，我们老了
今天又相逢在送丧的路上
深信每一根筋骨支撑不了自己
但每一声惋惜，绝不是一眼深井

原载《自选集》2017 年

谷地 079

村文书忏悔录

请我摸一次旧家居！让过去的日子返回
请我喝一口深井水！让解渴的欢快留下
请我住一夜破民房！让欠下的工钱拿到
请我见一回小孙子！让如初的问候呼应
请我拜一下老母亲！让愧疚的泪水流干
请我走一趟村西头！让曾经的风情闪现

请不要把我带走！
让我用后半辈子的心血
还清前身的债，洗清身后的事

原载《自选集》2017年

永远能对各地说些什么？
有那么多恋情珍藏在袖口里，一趟一伏的大地知道，一根一叶的草木知道，我在昂贵日月的脚印时，生活一次次为解说了，仿佛木头上开花。
永欠下各地太多的情份！

徨堂题记

重温弟子规

这本破旧的读物
曾流落在老家屋脊
那是祖父扛着危险珍藏了多少年
现在,重见光明了

拂去尘埃。每一个字渗透油渍
在祖父暗淡的老花眼里
像是一盏盏气息微弱的油灯
为医治好多人的心病开出了良方

风,吹开了千家万户的门
雨,清洗了千山万水的路
这些字看透了,像是流动的火焰
让明心见性的风雨成为幸福的熔炉

原载《诗刊》2015 年 9 月上

一盏灯

仅一盏灯,高悬在崖畔上
仅一盏灯,透亮在墙角下,
这是留守山乡的一盏船灯
守护着学校,把行走的路线
铭刻在风霜雪花的背上

刮风了,随风吼着飞扬的歌
下雨了,随雨洒着流水的歌
每一支歌,像是一盏不眠的灯
让一位老人唱了四十多年
细数孩子们的面孔,一地月光

这一盏灯,高挂在老人的眼纹里
这一盏灯,普照在大山的脚板上
想起这一盏夜灯,谁都说
为感知花花世界的孩子
开启了峰回路转的天窗

原载《飞天》2015 年 9 月

赶城

朦胧的月色,把一路山水
裁剪成一件富丽的睡衣
像是无数朵梅花开放了
赶城的山里人,站在
流淌幸福的风口,不停地
惊叹:一幢幢银白色的高楼
逼走了蓝天清风
还在怀疑,整夜守护着大屏幕的股民
能否打捞上江花中的日出
又开始担忧,一股股车流
卷走自己年迈的发现

原载《自选集》2017 年

洋名字မှ记下的庭院

这不是名山。多少辈人
叫兴隆山。这条流淌清水的河
至今清洗着欢声笑语
依山傍水建造的一个个庭院
墙似黄土,窗如蓝天
黄蓝之间的图腾像是一方方手帕
绣着罗马世家、瑞典风情式的名字
让质朴一生的父老乡亲,在回忆
孩子们的名姓时,怎么
也寻找不到此山此水的龙脉

原载《飞天》2015 年 2 月

月夜:一九六零

月牙儿挂上树梢
守家的孩儿想着月光下干活的亲人
一座旧房子,在梦的影子里
断了窗口上的几根骨头

月牙儿接住亲人的面孔
围着锅台的孩儿,一柄北斗勺子
舀出锅里亮晶晶的星星
其中一个孩子昏倒在门槛上

月牙儿被西天的高山掩没
在觅食的九只狼眼里
沉睡的村子还是一座旧粮仓
在黄土高坡上,可麦子还没有熟呀

原载《飞天》2014年2月

请为深情当一回债主

灾后帐篷里,一双双救助的手
铺开了温床。一个个孩子
感激的泪水,打湿了课本
深情如债。如果我们每个人都是债主
面对苦难的日子
倾听呼唤的声音
即使债台压得每个骨节
哔哔作响。贫穷和富有
都会激起一江感恩的浪花

原载《自选集》2017 年

雪事

雪花飘着，我已不在乎雪的多少
雪轻扶的村庄，蹿出了
长长的笛声，打起了飞舞的口哨
也许这是亲人，贴着远山唱响了

雪花飘着，我不在乎雪的起落
雪模糊的视野，照旧
融化着冰冻，我再一次
把峰回路转当作温暖的心坎

雪花飘着，我不在乎雪的薄厚
雪包裹的山川，还有一条
细长的路，向远方延伸
这是在告诉我：深爱的事没有尽头

原载《自选集》2017年

三分田

曾经在月色朦胧的乡下
三分田总会把许多心事洗亮
泥土的气息搅动清爽的暮色
花香里散射着细水长流的筷子

如今,这三分田移到了城市
烘烤着几乎赤裸的少男少女
聚集着风干的一堆野菜
脚下的几朵残花,吐不出清香

是谁把它扛在城市的肩上
而三分农田本身是山乡的衣袂
洁净朴素的样子,像是一棵老树
让山风吹皱了,依然根深叶茂

原载《陇中文学》2017年1月

小鸟

在游焉息焉的草丛
一只鸟儿用多年的枯草
和不经点的泥巴
筑成椭圆的屋巢,安放在
一颗小小的鹅卵石上

这只鸟儿独自站在屋巢上
留意穿过云彩的阳光,绽开了
几朵不知名的野花
守候着破壳中走出的儿女

这一切,像是只有自己
才能得到的幸福。不在乎
微风吹来了。花香袭身了
蜜蜂飞走了。明月上来了

原载《陇中文学》2017年1月

有那么多恋情珍藏在袖口里

在城市的车流里
回想起母亲持家的袖口
黏附的油污
依旧深藏着每一个日子的着落

留心过客的匆忙中
回想起父亲走西口的袖口
劣质的烟味
依旧传递着抵御寒冷的坚毅

在近乎发疯的暮色下
回想起二十多年前我的袖口
鼻涕和汗渍夹杂的温暖
依旧是孩提时代的阳光

日月的车轮已将我带过四十了
在这三只袖口里
深藏着我的身世
像是被一缕清风洗着

原载《飞天》2014年2月

一棵空心树

被雷电挖取五脏的树
照常在春天长出新枝
不知有多少枯枝化成了泥土

树梢上的几朵野花，像几枚
迷人的红纽扣。每次相约
我仿佛找到了曾经失去的红宝石

生活的亮光不仅是一个个新芽
有时也是一片片落叶。在折射出
幸福的心动里，这土地是多么深厚

原载《自选集》2017 年

天地酒

山川这只大壶,用乡情
酿造了一杯天地酒
喝了
就是一只高飞云雀
喝了
就能掘取内心的太阳
用这种方式问寒问暖
指手间,苍天更高
回眸间,山乡更近

天地间的子民啊
过年了。请喝下这杯天地酒
高出酒杯的方言里
不同的地方,同一个家

原载《飞天》2014年2月

后记
GUDIIHOUJI

诗集《谷地》即将面世了。这本集子选编了继我第一本诗集《谷风》之后，散见于各种文学期刊的作品。这诗作仿佛一支又一支山歌，从我心头唱出，唱响的依然是陇中大地，唱给陇中大地之外的世人注目的家园。

或低或高，或长或短，或苦或乐，为了这陷入低谷的诗歌抒写，我是倾心坚持的。因为，我走了很多地方，但至今走不出陇中大地，其眼泪的真实抵不过微笑的喜悦，痛楚的真切超过了多少个夜晚的思索。

从《谷风》到《谷地》，一晃又十多年了，那感怀陇中大地的谷风还在吹送啊！当我在倾听谷风和感怀谷地的日子，有时显得那么无助和乏力，有时显得多么真诚和强大。是的，面对土地、乡愁和生命，我还能对谷地寄托些什么呢？

因为热爱书法，诗题特意书写了。

感化自己是私心！教化他人是无私！有了诗歌的力量，我在暗自较量着邪恶的是是非非，在不懈追求着正义的每一个步伐。

在答谢诗歌的时候，我衷心感谢中国书法家协会副主席、草书委员会主任刘洪彪为诗集题字！感谢著名诗人、《飞天》原主编李云鹏为该集作序，和对我多年来诗歌创作的厚爱支持、引领鼓励！感谢甘肃画院画家陆志宏和马孝邦为诗集装帧设计！感谢兰州时代土方公司董事长马满泉、盛川集团董事长牛永胜大力相助！

俊堂敬记　2018年7月